Es sollte uns gut ergehen

Berge und Felder,
Flüsse und Seen,
Sträucher und Bäume,
Pflanzen und Tiere,
Blumen und Früchte...

Alles schuf er
in Fülle
und in den
herrlichsten Farben.

Wir sollten Freude haben.
Am Leben.
Und an seinem Schöpfer.

Zeichen seiner Zärtlichkeit

In der Bibel finden wir tiefe
Zeichen von Gottes Zärtlichkeit:

*»Wie ein Adler seine Jungen
habe ich euch getragen und wohl-
behalten hierher gebracht.«*
Exodus 19,4

*»Aus Ägypten rief ich es,
wie ein Vater seinen Sohn…«*

*»Ich hatte Israel die ersten
Schritte gelehrt und es auf den
Armen getragen…«*

*»Freundlich und liebevoll
leitete ich sie wie ein Bauer,
der seinem Rind das Joch anhebt,
damit es leichter
fressen kann, der sich sogar
bückt, um ihm sein Futter
hinzuhalten…«*
Hosea 11,1–4

Zeichen seines Beistands

In einer Reihe von Bibel-
Aussagen zeigt uns Gott, wie er
begleitend und schützend über das
Leben der Menschen wacht,
die sich ihm anvertrauen:

*»Laß dich durch nichts erschrecken,
und verliere nie den Mut,
denn ich, dein Gott, bin bei dir,
wohin du auch gehst.«*
Josua 1,9

*»Ich unterweise dich und zeige
dir den Weg, den du gehen sollst.
Ich will dir raten, über dir wacht
mein Auge.«*
Psalm 32,8

*»Ich bin es, der eure Bitten hört
und freundlich auf euch blickt!
Ich bin wie eine immergrüne
Zypresse, nur bei mir findet ihr,
was ihr zum Leben braucht.«*
Hosea 14,9

Wenn alle dich vergessen

Menschen können uns ablehnen,
verleugnen, im Stich lassen. Gott
entzieht uns niemals seine Liebe:

»Wie könnte ich dich aufgeben,
wie dich im Stich lassen...
Das Herz dreht sich mir um, wenn
ich daran denke; mich packt das
Mitleid mit dir. Ich, der heilige Gott,
komme, um dir zu helfen, nicht,
um dich zu vernichten.«
Hosea 11,8f

»Wenn alle dich vergessen,
ich vergesse dich nicht.
Ich habe dich unauslöschlich
in meine Hände gezeichnet.
Dein Leben ist mir stets vor Augen.«
Nach Jesaja 49,15

Er hat Zeit für mich

Stets läßt er mich
seine Nähe spüren,
schenkt er mir
seine Zuwendung:

Am Arbeitsplatz,
in der Freizeit
oder am Krankenbett –

überall und jederzeit
kann ich mich an ihn wenden
und all meine Anliegen
ihm vorbringen.

Er hat Zeit für mich.

Und was noch viel schöner ist:
Er hat ein Herz für mich.
Denn er liebt mich.

Er hat ein Herz für mich

Im Brief an die Epheser (2,19 und 3,6) hat uns Paulus gezeigt, daß die Zusagen Gottes im Alten Testament auch denen gelten, die »durch Jesus Christus zu seinem Volk gehören«. So dürfen wir auch für uns in Anspruch nehmen, was Gott in der Bibel verheißen hat.

Dem weisen König Salomo versprach Gott nach dem Tempelbau: *»Meine Augen sind stets auf dieses Haus gerichtet. Dort ist mein ganzes Herz euch zugewandt.«* *1 Könige 9,3*

Dem Nordreich Juda, das Gott mit »Ephraim« anspricht, beteuerte er: *»Sooft ich an Ephraim denke, mein Herz schlägt für ihn.«* *Jeremia 31,20*

An anderer Stelle versicherte er seinen »davongelaufenen Kindern«, wenn sie »zu ihm zurückkommen«: *»Ich schenke euch Hirten nach meinem Herzen.«* *Jeremia 3,14f*

Unermeßlich in seiner Liebe

»Gott ist unermeßlich in seiner Liebe und Gnade.«
Irenäus

»Gott ist in meinem ganzen Leben immer barmherziger zu mir gewesen, als ich es je verdient hätte.«
Adolph Kolping

»Im Augenblick unseres körperlichen Todes wird Jesus mit solcher Sanftmut erscheinen, daß selbst der Hartgesottenste dem nicht widerstehen kann.«

Gertrud von Helfta in einer Vision

Voll Güte und Erbarmen

»Voll Güte und Erbarmen ist der Herr,
voll grenzenloser Liebe und Geduld.«
Psalm 103,8

So unermeßlich groß der Himmel ist –
10 Trilliarden Sonnen in Entfernun-
gen von 20 Milliarden Lichtjahren:

»So unermeßlich groß der Himmel ist,
so groß ist Gottes Güte zu den
Seinen.«
Psalm 103,11

»Aber weil deine Macht so unendlich
ist, hast du mit allen Erbarmen.
Du siehst über die Verfehlungen der
Menschen hinweg und gibst ihnen
Zeit, umzukehren und sich zu
bessern.«
Buch der Weisheit 11,23 f

Unbegreiflich in seiner Liebe

Wie die Sonne
ihr Licht und ihre Wärme
ausstrahlt,

verströmt auch Gott
seine Liebe.

Bedingungslos.
Ohne jede Gegenleistung.

Unbegreiflich.

Er liebt das Unvollendete.
Die noch in Wehen liegende
Schöpfung.
Den noch unvollkommenen
Menschen.

Mich.

Er gibt Freiheit

Er liebt mich
nicht wegen meiner Verdienste
oder meiner Schönheit.

Er liebt mich,
weil Liebe
die eigentliche und tiefste
Weise seines Seins ist.

In dieser seiner Liebe
achtet er mein Wesen.
Meine Würde.
Meine Einmaligkeit.

In dieser seiner Liebe
schenkt er mir die Freiheit
und die Gnade,
eine einzigartige Persönlichkeit
zu werden.

Der große Liebende

Die Farbenpracht und Fülle der Natur.

Der Kreislauf des sich selbst reinigenden Wassers.

Die Bizarrheit der Wolken und Schneeflocken.

Die Selbstheilkräfte der Tiere.

Der Gedankenreichtum des Menschen.

Seine Kreativität und Spontaneität.

Seine sich niemals erschöpfende Lebenskraft.

Die Entfaltung der schönen Künste.

Immer und überall ist er am Werk.

In seiner Liebe zu uns Menschen.

In seiner Liebe zu mir.

Der Liebe vertrauen

Ohne Unterlaß
will er mir
seine Liebe schenken.

Der Spender allen Lebens.
Der Schöpfer der Schönheit.
Der Ausgangspunkt jeder Freude.

»Vertraue mir doch.
Komm doch zu mir
mit all deinen Sorgen und Problemen.

Bringe mir
deine Pläne und deine Ängste.

Ich will dich doch
immer nur begleiten
und beschützen.

Wenn du wüßtest,
wie sehr ich dich liebe.«

Liebe vertreibt jede Angst

Die Zeichen seiner Zuwendung
neu entdecken.

Mich von seiner Zärtlichkeit
anrühren lassen.

Auf seine sanfte Stimme hören …

Wovor muß ich
noch Angst haben,
wenn ich anfange,
seiner Liebe Antwort zu geben:

Mit Augen, die sehen,
mit Ohren, die hören,
mit Händen, die geben …

Mit einem Herzen,
das fühlt und spürt
und liebt.

Bildtexthefte sind für Menschen gedacht, die in der Hetze des Alltags die kleine Lektüre nicht missen wollen.

Bildtexthefte dienen der Information wie auch der Meditation und Besinnung.

Bildtexthefte sind geschmackvolle Geschenke zu allen Gelegenheiten, die immer Freude bringen.

Die Ausgewogenheit ~~von Text und Bild macht~~

Ein Geburtstagsstrauß für dich
Von Christa Peikert-Flaspöhler

Im Geburtstagsstrauß sind Blumen als Boten des Lebens, der Zuneigung, des Dankes, des Vertrauens zusammengebunden.

Zum Namenstag
Von P. Hadrian W. Koch

Den Namenstag feiern heißt zustimmen zum Leben, ja sagen zu sich selbst.

Herzlichen Dank
Von P. Hans Wallhof

Danken kommt aus der Kraft des Herzens und ist Antwort auf ein Geschenk, eine Überraschung, auf ein Zeichen der Sympathie.

Glückwünsche zur Hochzeit
Von P. Hadrian W. Koch

Ein Seelsorger spricht Brautpaaren Wünsche für eine glückende eheliche Partnerschaft aus.

Zur Silberhochzeit
Von P. Alexander Holzbach

Silberhochzeit ist ein Fest der Dankbarkeit und Freude und ein Fest der Hoffnung in eine gute Zukunft.

Ich schenke dir ein Tulpenfeld
Von Christa Peikert-Flaspöhler

Spontanes, fantasievolles Schenken ist eine Gabe, durch die wir das Leben überraschen können.

Gönn dir eine Balsamzeit
Von Christa Peikert-Flaspöhler

Vergiß über dem »Muß« die »Muße« nicht, die Ruhe zum Atemholen!

Glück und Segen für das Kind
Von Christa Peikert-Flaspöhler

»In jedem Kind träumt Gott den Traum der Liebe. In jedem Kind wacht ein Stück Himmel auf…«

Lahn-Verlag D-65535 Limburg

© 1994 Lahn-Verlag, Limburg. Texte: Georg Popp. Fotos: Umschlag und S. 7, 9: Peter Friebe, Germering; S. 3 und 19: Gertie Burbeck, Düsseldorf; S. 12/13, 16 und 22: Gerd Weissing, Nürnberg.
Gesamtherstellung: Limburger Offsetdruck GmbH, Limburg.
Nachdruck, auch auszugsweise, nur mit Genehmigung des Verlags.

ISBN 3-7840-7610-6